QUOI DE NEUF SCOOBY-DOO? ™

Illustrations : Art Mawhinney

Texte : Jamie Elder

Texte français : Le Groupe Syntagme inc.

Copyright © 2004 Hanna-Barbera.
SCOOBY-DOO et tous les personnages et éléments
qui y sont associés sont des marques de commerce
et © de Hanna-Barbera.
WB SHIELD : TM et © Warner Bros. Entertainment Inc.
(s04)

Copyright © Éditions Scholastic, 2004, pour le texte français.
Tous droits réservés.

ISBN 0-439-96221-8
Titre original : Look and Find – What's New Scooby-Doo?

Cette publication ne peut être reproduite en tout ou en partie
par quelque moyen que ce soit, sans la permission écrite
du détenteur des droits d'auteur.

« Look and Find » est une marque de commerce de
Publications International, Ltd.

Édition publiée par les Éditions Scholastic,
175 Hillmount Road, Markham (Ontario) L6C 1Z7

5 4 3 2 1   Imprimé en Chine   04 05 06 07

Éditions
📖 SCHOLASTIC

Scooby-Doo, Sammy, Fred, Daphné et Véra visitent le Centre spatial, au moment même où éclot un œuf d'extraterrestre! Nos amis se rendent vite compte que les choses ne sont plus vraiment ce qu'elles devraient être, avec un extraterrestre dans les parages! Les collations spatiales de Scooby et de Sammy pourraient bien fournir la clé du mystère.

Une miche de pain

Une tarte aux cerises

Une dinde

Un melon d'eau

Un bifteck

Un jambon

Un gâteau au chocolat

La bande se trouve à la Nouvelle-Orléans pour le Mardi gras. Alors, ils vont voir un fantôme, c'est sûr! Justement, deux revenants de la guerre de Sécession, Innocent et Toussaint Leroy, hantent le parc d'attractions nautiques qui borde le cimetière. Ils se lancent à la poursuite des amis. Trouve vite Scooby, Sammy, Fred, Daphné et Véra, et aide-les à échapper aux frères Leroy!

Scooby-Doo

Véra

Fred

Sammy

Daphné

Innocent Leroy

Toussaint Leroy

Nos amis ont découvert que la Machine à mystères a déjà appartenu au duo Mimi et Kevin, connu sous le nom de MK. Lorsque le véhicule commence à réagir de façon bizarre, ils se rendent chez Fernand, leur mécanicien. Et là, ils constatent que Fernand se comporte d'une manière étrange. Son bureau est rempli de souvenirs de Mimi et Kevin. Ces divers objets te fourniront peut-être la clé de l'énigme?

Boîte à lunch de MK

Veilleuse de MK

Disque de MK

Réveil de MK

T-shirt de MK

Lampe de MK

Jeu de société de MK

La bande se rend à Las Vegas pour assister à un spectacle, mais le fantôme de Rufus Le Rauque essaie de le saboter. Un fantôme, dites-vous? Le vrai Rufus Le Rauque est bel et bien vivant, et c'est lui qui va saboter l'œuvre du fantôme avec ses tours de magie. Peux-tu trouver les objets dont il va se servir?

Un jeu de cartes

Un chapeau de magicien

Une bouteille insubmersible

Un foulard magique

Un coffret à colombes

Des anneaux entrelacés

Une boîte aux sabres

Scooby-Doo, où es-tu? Les animaux de la jungle sont dans tous leurs états! Ils sont devenus fluorescents. Essaie de résoudre le mystère en retrouvant Scooby et tous les animaux ci-dessous dans leur nouvelle forme.

Scooby

Jojo

Lion

Léopard

Gorille

Zèbre

Rhinocéros

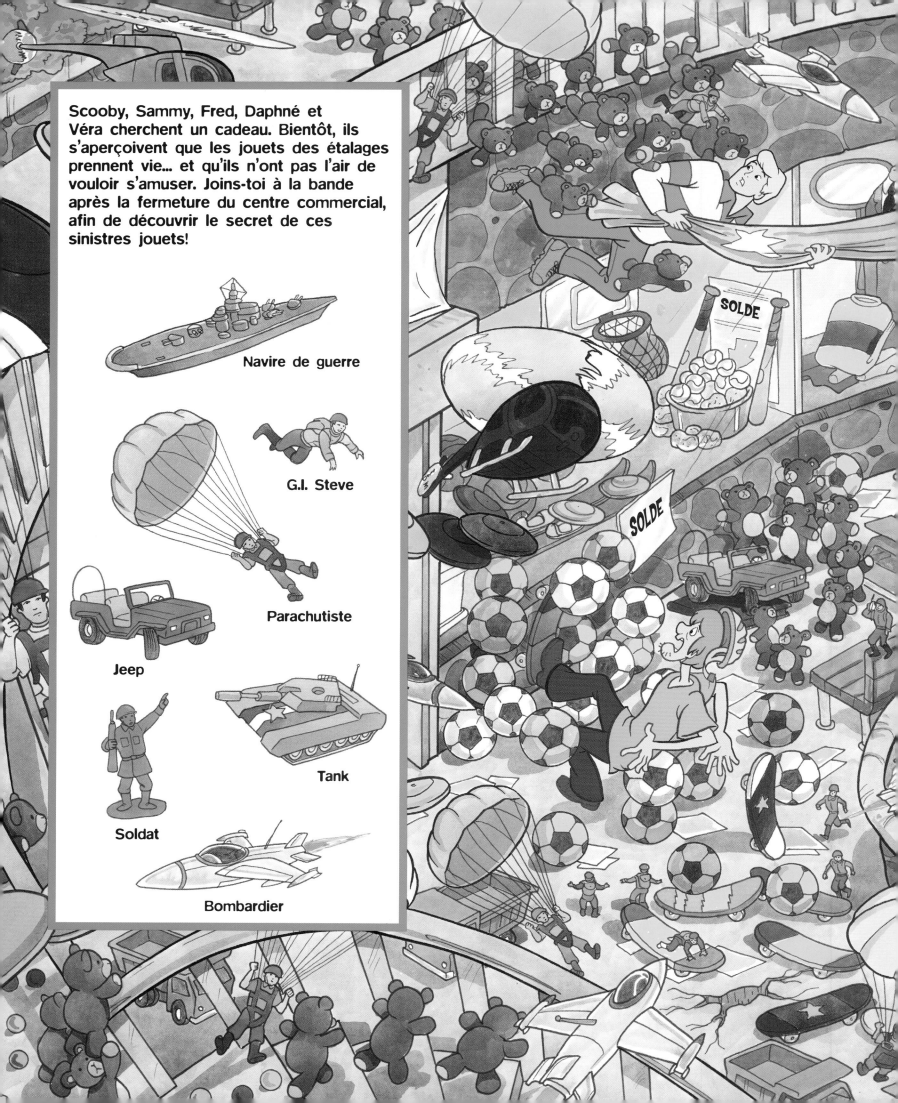

Scooby, Sammy, Fred, Daphné et Véra cherchent un cadeau. Bientôt, ils s'aperçoivent que les jouets des étalages prennent vie... et qu'ils n'ont pas l'air de vouloir s'amuser. Joins-toi à la bande après la fermeture du centre commercial, afin de découvrir le secret de ces sinistres jouets!

Navire de guerre

G.I. Steve

Parachutiste

Jeep

Tank

Soldat

Bombardier

Pendant leurs vacances en Italie, Scooby et la bande entendent parler du spectre d'un gladiateur qui vivait à l'époque où le Vésuve est entré en éruption, en 79 avant J.-C. Nos amis se rendent à Pompéi pour mener leur enquête et découvrent que le volcan risque d'entrer encore une fois en éruption. Aide-les à élucider le mystère en retrouvant tous ces artéfacts parmi les détritus.

Un casque

Un vase

Une marmite

Un chandelier

Un bracelet

Un tableau

Une sculpture

Retourne dans le bassin du Centre spatial. La concierge est une espionne. Trouve son équipement trafiqué.

____ Une vadrouille enregistreuse

____ Un balai télescopique

____ Un révélateur en aérosol

____ De la cire à dépister

____ Une brosse-télé

____ Un savon-microscope

Retourne au parc nautique et aide Daphné à retrouver les souliers qu'elle a perdus dans la poursuite.

____ Le vrai soulier de Daphné

____ Un soulier bleu

____ Un soulier ruminant

____ Un soulier collant

____ Un soulier volant

____ Un soulier coin-coin

Retourne dans le bureau de Fernand. Tu sauras à quoi il emploie son temps si tu trouves tous ces objets :

____ Une collection de pièces de monnaie

____ Une collection de timbres

____ Des pièces d'origami

____ Un ouvrage de broderie

____ Un accordéon

____ Des bâtons de golf

Retourne à Las Vegas. Tu dois faire comprendre à Rufus Le Rauque et aux amis que l'heure est grave. Aide-les à trouver ces indices :

____ Le collier de Scooby

____ Les clés de Fred

____ La boucle de ceinture de Sammy

____ Le poudrier de Daphné

____ La montre de Véra

Retourne dans la jungle et trouve ces biscuits-animaux que Sammy a fait tomber en renversant les boîtes :

---- Un lion

---- Une girafe

---- Une tortue

---- Un ours

---- Un éléphant

---- Un chameau

Retourne au centre commercial. Les jouets essaient de cacher leur secret, mais ils ont laissé des traces...

---- Une fissure

---- Une perceuse

---- Un marteau-piqueur

---- Un tas de roches

---- Un rouleau de corde

---- Un sac de ciment

Retourne au volcan et trouve les restes de ces mets italiens, auxquels Scooby et Sammy ne pourront pas résister :

---- Des spaghettis

---- Des linguinis

---- De la lasagne

---- Des raviolis

---- De la pizza

---- Des biscuits cannolis

Retourne au terrain de baseball. Les balles de feu se succèdent, mais tu trouveras aussi d'autres aliments très chauds!

---- Un chien chaud

---- De la sauce piquante

---- Des piments forts

---- Des bonbons à la cannelle

---- Du chocolat chaud

---- Un sandwich aux boulettes de viande épicées